幼兒全語文 階梯故事 系列

愛笑的孩子

袁妙霞 著
野人 繪

 園丁文化

小妹妹是個愛笑的孩子。
跟朋友玩遊戲，小妹妹會哈哈大笑。

讀到有趣的圖書，小妹妹會哈哈大笑。

聽到好笑的事情，小妹妹會哈哈大笑。

吃到美味的食物，小妹妹會哈哈大笑。

今天，小妹妹在家中畫圖畫。
「叮噹——」門鈴響了。

門開了，小妹妹又哈哈大笑了。
究竟是誰來了呢？

原來是敬愛的外公和外婆來了！
小妹妹看見外公和外婆，笑得更燦爛了。

導讀活動

提問

進行方法：
1. 讀故事前，請伴讀者把故事先看一遍。
2. 引導孩子觀察圖畫，透過提問和孩子本身的生活經驗，幫助孩子猜測故事的發展和結局。
3. 利用重複句式的特點，引導孩子閱讀故事及猜測情節。如有需要，伴讀者可以給予協助。
4. 最後，請孩子把故事從頭到尾讀一遍。

封面
1. 從小妹妹的表情看來，她是個怎樣的孩子？請說說看。
2. 請把書名讀一遍。

P2
1. 小妹妹跟小朋友在做什麼？他們玩得高興嗎？
2. 小妹妹張開嘴巴哈哈大笑，你能模仿她的表情和笑聲嗎？

P3
1. 小妹妹現在在什麼地方？她在做什麼事情？
2. 現在只有小妹妹一個人？為什麼她會哈哈大笑呢？

P4
1. 小妹妹來到什麼地方？你能想像一下朋友跟她說了什麼嗎？
2. 小妹妹為什麼會哈哈大笑呢？

P5
1. 小妹妹現在在什麼地方？她在做什麼事情？
2. 為什麼小妹妹會哈哈大笑呢？

P6
1. 小妹妹在做什麼？你認為她的畫畫得怎麼樣？
2. 什麼聲音吸引了小妹妹的注意呢？

P7
1. 小妹妹開門，你猜是誰來了呢？
2. 為什麼小妹妹又哈哈大笑起來呢？

P8
1. 你猜對了嗎？是誰來探望小妹妹呢？外公和外婆是從遠方來的嗎？你是怎樣知道的？
2. 你認為小妹妹愛她的外公和外婆嗎？請說說看。

說多一點點

 故事

聰明兒童司馬光

一天,七歲的司馬光跟幾個小朋友在後院裏玩耍。

其中一個小朋友不小心,掉到一個盛滿水的大水缸裏去。

小朋友都嚇壞了,不知道如何拯救掉進水缸裏的同伴。

司馬光拿起一塊大石頭打破水缸,水從缸裏流出,救回同伴。

字卡

❶ 把字卡全部排列出來，伴讀者讀出字詞，請孩子選出相應的字卡。
❷ 請孩子自行選出多張字卡，讀出字詞並口頭造句。

請沿虛線剪出字卡。

愛笑	遊戲	讀
有趣	圖書	美味
叮噹	門鈴	響
原來	敬愛	燦爛

幼兒全語文階梯故事系列
第5級（挑戰篇）

《愛笑的孩子》

©園丁文化

幼兒全語文階梯故事系列
第5級（挑戰篇）

《愛笑的孩子》

©園丁文化

幼兒全語文階梯故事系列
第5級（挑戰篇）

《愛笑的孩子》

©園丁文化

幼兒全語文階梯故事系列
第5級（挑戰篇）

《愛笑的孩子》

©園丁文化

幼兒全語文階梯故事系列
第5級（挑戰篇）

《愛笑的孩子》

©園丁文化

幼兒全語文階梯故事系列
第5級（挑戰篇）

《愛笑的孩子》

©園丁文化

幼兒全語文階梯故事系列
第5級（挑戰篇）

《愛笑的孩子》

©園丁文化

幼兒全語文階梯故事系列
第5級（挑戰篇）

《愛笑的孩子》

©園丁文化

幼兒全語文階梯故事系列
第5級（挑戰篇）

《愛笑的孩子》

©園丁文化

幼兒全語文階梯故事系列
第5級（挑戰篇）

《愛笑的孩子》

©園丁文化

幼兒全語文階梯故事系列
第5級（挑戰篇）

《愛笑的孩子》

©園丁文化

幼兒全語文階梯故事系列
第5級（挑戰篇）

《愛笑的孩子》

©園丁文化